헛간

이문길 시집

헛간

인쇄 | 2021년 3월 25일
발행 | 2021년 3월 30일

글쓴이 | 이문길
펴낸이 | 장호병
펴낸곳 | 북랜드
　　　　06252 서울 강남구 강남대로 320, 황화빌딩 1108호
　　　　대표전화 (02)732-4574, (053)252-9114
　　　　팩시밀리 (02)734-4574, (053)252-9334
　　　　등록일 | 1999년 11월 11일
　　　　등록번호 | 제13-615호
　　　　홈페이지 | www.bookland.co.kr
　　　　이-메일 | bookland@hanmeil.net

책임편집 | 김인옥
교　　　열 | 배성숙 전은경

ISBN 978-89-7787-989-8 03810
ISBN 978-89-7787-990-4 05810 (E-book)

값 10,000원

헛간

이문길 시집

북랜드

차례

1

2

3

4

1

말 없는 산

산 뒤에 산이 있다는 것은
슬픈 일이다

이승 끝나면
저승이듯

산 뒤에 산이 있고
그 산 넘어 다시 산이 있다는 것은
슬픈 일이다

가도 슬프고
와도 슬픈 산길

나는 오늘도
그 길을 갔다 왔다
산속에 자고 있는
아내를 보고 왔다

말 없는 산 넘어

말 없는 산이 있다는 것은
슬픈 일이다

봄

밤사이
산에는 눈이 오고

우리 집 마당에는
비가 왔다

커튼을 걷고 내다본다
하얗게 눈 내린 산

구름 한 송이

산 위에 푸른 하늘이 있어
웃었다

오늘은 거기 구름 한 송이 떠있어
웃었다

바람 1

밤중에 거실 문이
저절로 열려
네가 왔나 내다보니
바람이 지나간다

잠결에
어디선가 발소리 들려
네가 왔나 귀 기울이니
인적이 없다

창밖에 소리 없이
별들만 반짝인다

바람 2

아내 죽고 나니
산에 바람 부네

나무들 고개 숙여 울다가
다시 고개 숙여 우네

아아 바람
산에 부네
종일 부네

소리 없는 산

우리 집 앞 길 건너
더 가지 않고
쉬고 있는 산

누가 와도 모르고
가도 모르는 산

그 산 아래
우리 집이 있다

아무도 안 살고
나무, 하늘, 구름, 바람이 사는 산

산도 타향에 와서
고단한가 보다

아내 떠나고
더 가까이 와 있는 산

우리 집 앞에
쉬고 있는 산

내 하늘

나는 걱정하지 않는다

가야 할 저승에는 저승이 없고
끝이 없는 우주도
없기 때문이다

하늘에는 하나님이 없어
죽음 같은 것도 없는 것이다

나는 본다
생명 속에 있는 적막을
만물 속에 있는 적막을

나는 본다
내 고향의 적막을
하나님 없는 하늘의 적막
그 평화를

해울음

산골짝 외딴집에
살 때

살아 있다는 생각에
기가 막혀 울었다

내가 우니 마누라도 울고
아이들도 따라 울었다

산골짝 외딴집에
식구 다섯이 해울음 울었다

한낮이었다

저녁답에

저녁답에 비 오고 천둥 치는데
너는 산에 혼자 있어도
안 무섭나

아카시아꽃 필 때
내리는 비
막내딸 올 때까지 꽃향기
남아있으면 좋으련만

창문을 여니
비바람에 젖은
나무 냄새가 난다

저녁인데도
아파트에 불이 안 켜인다

꽝하고 번개가 치고
집이 흔들리고
개가 짖고 나는 무서운데

너는 비 오는 산에
혼자 있어도 안 무섭나

귀신이 없어

늙으니
쓸쓸하다

낮에도 쓸쓸하고
밤에도 쓸쓸하다

세상 끝에 왔는데
귀신도 없고 하나님도 없고
요괴도 없다

늙으니 죽었다 산 사람 없어
쓸쓸하다

늙은 사람만 남아 있어
쓸쓸하다

개나리

광릉 추모공원 앞
산길에 개나리꽃 피었다

기다리다 꽃 피어도
보는 사람 없다

아내가 잠자는
광릉 추모공원 앞길에
노오란 개나리꽃 피었다

노인

노인은 안 보이면
죽은 것이다

여자

아름다운 여자는
아름답지만

착하고 선한 여자는
더욱 아름답다

사리

표충사 나와서
왼쪽 길을 가면
땀 흘린다는 돌이 있는 전각이 있고
그 전각 지나가면
시멘트로 지은 커다란 절이 있다

마당에 들어서면
사람이 없어 놀라고
부처님 앞에 놓인 사리함에
색유리 구슬이 가득한
사리함을 보고 놀란다

나는 그때 그 절이
대처승이 사는
가짜 절이라고 생각했다

오래도록 잊히지 않던 그 절
나는 나중에야 알았다
사리라고 유리구슬을 가득 담아놓고
웃고 있을 스님이 있었다는 것을

아무도 없어서

산에 가니
아무도 없었다

산을 둘러보고
골짝을 내려다보고
하늘을 봐도 아무도 없었다

산에 갔다가
아무도 없어서
아들과 내가 돌아왔다

아내가 가라고 해서
쫓겨 돌아왔다

거문고

5월 27일 수요일
음력 윤사월 5일

오늘의 운세
39년생 살아 있는 오동나무는
거문고 못 된다

꿈

아내가 떠나고
반년이 지났다

한겨울 산에 눈이 쌓일 때
두고 왔는데

봄이 와 진달래 피고 지고
벚꽃이 피었다 지고
세월이 지나간다

아아 사는 게
정말 꿈인가

나의 찬송가

나는 이렇게 찬송가 가사를
고쳐 부른다

나 같은 사람이 용서함 받아서
주 앞에 옳은 사람 됨을
하늘 아래 옳은 사람 됨이라고

나는 또 옛날같이 부른다
요단강 가에 섰는데 내 친구 건너가네
저 건너편에 빛난 곳
내 눈에 환하도다를
내 눈에 희미하다라고

입

입에 바르고
잘도 처먹는다

구름

가는 길 있을 리 없으니
나 따라오지 마라

산새소리 들새소리 들리지 않는
산 넘어간다

즐거운 여행길이지만
나 벙어리라
노래 못 한다

따라오지 마라
나 세상 산 것 부끄러워
도망가는 중이니 따라오지 마라

산 넘어 찾아도 없거든
멀리 간 줄 알아라

나는 안다

세상에서 제일 큰 보시가

말없이 가는 것이라는 것을

운문사

그렇지

범종은
세게 치는 것이 아니지

약하게 약하게 쳐서
그 소리 가는 곳 따라가야지

가다가 웅웅대는 소리 만나면
같이 돌아오는 것이지

범종은 여승이 쳐야
그 소리 멀리 가지
법고도 목어도 그 소리 멀리 가지

저녁 5시면 TV에
내 고향 호거산 운문사
여승이 치는 범종 소리 듣는다

어느 날 아내와 나 아들
세 식구가 처진 소나무 아래 서 있었는데
만세루에서 승철스님이
여승들에게 법문을 말하면서도
우리 세 식구를 자꾸 보고 있었다

흙담 넘어 멀리
가물어 하얗게 마른
운문댐이 보였다

멋도 모르고

왜 울었을까

내가 세상에 올 때
왜 울었던가
지금도 모르겠다

왜 울었던가
멋도 모르고
왜 울었던가

2

나무

가 보아야겠다

건너 산 절개지에
시름 앓던 나무

삼 년째 죽었는가 싶으면
늦게야 다시 잎이 피는 나무

지난해는
흰 꽃이 가득 피었더니
푸른 잎 보이지 않는다

죽었나 보다

가 보아야겠다
산 아래까지라도
가 보아야겠다

물때

물 흘러간 뒤에도
물때는 남아 있어
귀 기울이면
흘러간 물소리 들을 수 있을까

흘러간 노래
다시 들을 수 있을까

살아간다는 것은
누군가 한 노래
부르는 것이다

바위 위에 물때
들여다본다

오래 흐르면
생기는 물때

저승

저승 가려고 떠나려는데
저승이 없으면 어쩌나

황천강 건너
오지도 못하고
가지도 못하면 어쩌나

모두 간다고 떠났는데
다 어디로 갔나

보려 해도 저승이 어딘지
보이지 않는다

갔다 온 사람 없으니
알 수가 없다

때가 되었으니 기다린다
집에서 멀리 가지 않는다
해 지기 전에 돌아온다

요단강

저 푸른 하늘 건너가면
어둠 없는
화안한 곳 있을까

이 세상에서 못 본
화안한 곳 있을까

아아 저 푸른 하늘
건너가면

세상에서 자던 잠 깨어
모두 잘 살고 있을까

요단강 강가에서
건너편 바라본다

내 눈엔 희미하다

죄가 많아서

아내는 죽기 전 어느 날
나보고
죄가 많아서 죽는다고 했다

그때는 멋도 모르고 지났는데
오늘 문득 내게 말 못 할
무슨 잘못한 일이 있었는지 궁금해진다

물어보려 해도
물어볼 곳이 없다

막내딸에게 전화하니
지난 일이니 다 잊어버리라고 한다
딸은 무엇인지 아는 것 같다

평생 시 쓰느라 바보같이 산 내게
무슨 말 못 할 죄를 지었는지
회개하고 갔으니 좋은 곳 갔으려나

웃고 있는 아내 사진을 보니
괘씸하기도 하고
불쌍하기도 하고
눈물 나기도 한다

발동기

눈이 밝았다 어두워지고
귀도 밝았다 어두워지고

6.25 전쟁 때
우리 직물공장 탁택이 발동기
돌아갈 때 전깃불같이
밝았다 어두워지고
밝았다 어두워지고

그 불빛 의지하고
나는 공부하고
공장은 밤낮없이 돌아갔다

이제 길 나서야겠다
어디든지 가야겠다

먹은 약 또 먹고
나무 이름 자꾸 잊어버리고
옛일만 자꾸 떠오르고

탁탁탁탁 발동기 돌아간다
탁탁탁탁 발동기
아직 꺼지지 않고 돌아간다

오늘 아침

오늘 아침 산책하다
길에 혼자 웅크리고 앉아있는
한쪽 발이 없는 비둘기에게 먹이를 주었다

어디 있었던지
비둘기 두 마리가 날아와 같이 먹었다

나는 한 줌만 주려던 먹이를
세 줌 주었다
같이 잘 살 수 있을는지 걱정이 되었다

일요일 사람 없는 빈 길에
아랫집에 사는 아주머니가
강아지를 데리고 지나가면서 인사를 했다

나는 집 나서면 하늘을 보는 버릇이 있어
은행나무 위
푸른 하늘을 살폈다

내일 다시 비둘기와
아주머니를 만났으면 하고
길을 갔다

오늘은 골목길 모퉁이 꽃집에
고양이가 없었다

속세

속세만큼 좋은 곳 없다

낮이 지나면 밤이 오고
춥고 긴 겨울 지나면
꽃 피는 봄이 오고

만나면 반갑고
헤어지면 그립고 슬프고

속세 같은 곳
저승에는 없다
살다 떠나면 흔적 없이 갈 수 있는 곳

예수도 석가도 살다 가고
공자도 맹자도 살다 간 곳
사람이 있어 사람이 살다 가는 곳

속세에 세속인으로 살다 가는 것
즐거운 일 아닌가

다행한 일 아닌가
고마운 일 아닌가

내 하늘

공원에 혼자 앉아
바라보던 내 하늘

나뭇잎 사이로 보이는
끝이 없는 푸른 하늘 내 하늘

아내 아파 누웠을 때도
보면 행복한 내 하늘
세상 시름 잊고 바라보던 내 하늘

아내 가고 나니
내 하늘 낯설어졌다

아무리 내 하늘 보려 해도
어디 갔는지 내 하늘 없다
보이지 않는다

남향

양지바른 남향이라지만
쓸쓸하다

찾아가도 말이 없는 산
빛바랜 조화 쓸쓸하다

묘 둘레 쓸데없이
석물은 왜 했던가
동그란 흙무덤이면 좋았을 것을

잘못했다는 생각이다
내 아내 곁에 갈 적엔
석물 같은 것 없애야겠다

아내 자고 있는 남향 골짝
상두꾼의 노랫소리 없는 골짝
쓸쓸하고 쓸쓸하다

비 오는 날

검은 구름 몰려와 어두워지고
비 오는 날은 좋은 날

바람 불어 나무들 쓸리고
적막한 방에 혼자 있는 날은
평안한 날

창밖 문설주에
눈물 같은 빗방울 흘러가고
맨땅에 그렁그렁 빗물 고이는 날은
좋은 날

병원 갔다 와
방 안에 쉬는 날은 좋은 날

양철 에어컨 실외기에
투닥투닥 빗방울 떨어지는 날은
평안한 날

좋은 날

장마

장마 지는 날
앞산 무너지는가 바라본다

아내는 아파 누웠어도
비 오면 산 무너진다고
이사 가자고 했다

내가 산 아래 큰 길이 있고
아파트와는 떨어져 있어
걱정 안 해도 된다고 해도
비만 오면 걱정했다

작은 도랑 가에 잠들어 있는
아내가 걱정이 된다

장마 지면 아득히 맹꽁이 울던
고향 들녘이 생각난다

노래

어느 날 하늘이
내게 말했다

모든 것은
노래다

걱정하지 말고
슬퍼하지 말아라

죽고 사는 것도
세상 노래다

플라스틱 부처

영천 어느 절에 가니
플라스틱으로 찍어 만든
똑같은 부처가
길가에 줄지어 서 있어
나와 아내는 귀신이 나올까
무서웠다

산에 가서

올해 가을에는 산에 가서
알아봐야겠다

어떤 벌레가 제일 먼저 우는지
누가 제일 울고 싶어 우는지

긴 한 해 얼마나 기다렸을까
울고 싶은 울음 참고 기다렸을까
알아봐야겠다
무엇 때문에 자꾸 우는지

올해 가을에는
산에 꼭 가봐야겠다
가서 물어봐야겠다
모두 울 때 나도 같이 울어도 되는지

단풍

나도 단풍처럼
곱게 물들어 있다
떨어질 수 있을까

신기하다
세상 떠날 때
꽃보다 아름다울 수 있다는 것은

매미

장마 끝나자
어디서 매미 우는 소리 들린다

옛날 우리 동네는 모두 초가집이고
외양간에는 황소가 있고
마당 두엄에는 굼벵이가 살았다

나는 그때
굼벵이가 매미라는 것을
알지 못했다

학교 갔다 와 마루에 누워
엄마 기다리다 잠들었다 깨면
웬 동네가 떠나갈 듯 울던 매미 소리

지금의 가로수는 은행나무뿐이라
매미 우는 소리
잘 들리지 않는다

장마 지났으니
매미 우는 소리 들으러 가야겠다
큰물 지나간 뜨거운 자갈밭
미루나무 서 있는 강가에 가 보아야겠다

적막한 시골 강가
미루나무 사이로 부는 바람도
보아야겠다

길

길이 없어졌다

길 따라왔는데
길이 산속으로 들어가더니
없어졌다

산이 막아서 말한다
길이 없으니 더 갈 일 없다

길 간다고
고생할 일도 없다

산속에는 길은 없지만
집은 있다

초가집도 있고
오래되어 허물어져가는
기와집도 있고
풀집도 있다

사람 없어 조용한 산
나는 오늘도 산속에
길 있는가 찾는다

혹시 거기 사는 사람 있는가
찾는다

꿈

죽고 사는 꿈
언제 깨어날 수 있을까

잠 깨어
세상 떠날 수 있을까

나도 야곱처럼
세상 사람 다 잠들었을 때
혼자 일어나 돌단을 쌓고
기도하고 싶다

나는

나는 이제 알았다

하나님은
하나님을 믿는 사람을
사랑하지 않는다는 것을

하나님 하나님 하고
자꾸 부르는 사람 사랑하지 않고
하나님 일한다고 혼자 사는 사람
누군지도 모른다는 것을

나는 늦게야 알았다
하나님은
산골짝에 고생하며 산 사람
허리 굽은 사람
손톱 닳고 손가락이 갈퀴 같은 사람

한평생 자식만을 생각하고 산
내 장인 장모 같은 사람을
사랑한다는 것을

우주

우주가 생겨나기 전에는
무엇이 있었을까

우주가 생겨나기 전에도
우주가 있었을까

우주에는 우주 없는 우주도
있는 것인가

만물은 모두
어디 있다 온 것일까

저 무한 넘어
갈 수 있는 길은 있는 것인가

만물의 고향은
있는 것인가

나는 우주에

왜 온 것인가

무슨 할 일이 있어
내가 있는 것인가

기도

기도는
기도할 곳이 없을 때
하는 것이 기도다

기도는
기도 듣는 사람이 없을 때
하는 것이다

기도는
말로 하면 안 된다
눈 감아도 안 된다

기도는 아무도 없을 때
땅 하늘에 아무도 없을 때
하는 것이다

3

사랑

못난 여자도
사랑해야지

이제 사람을
사랑해야지

할 일 없는 날

아내 죽고 나서
할 일 없는 날

자고 깨도
할 일 없는 날

해가 뜨고 져도
할 일 없는 날

마을을 한 바퀴 돌고
돌아온다

하늘을 보고
돌아온다

혼자 할 일이 없어
할 일 없는 날

또 밝았다
할 일 없는 날

흙구덩이

흙이 좋다고 하며
인부들은 구덩이를 팠다

누우른 구덩이 속은
땅그늘이 깊었다

내가 먼저 들어갈 땅
아내가 들어가고
흙을 덮었다

겨울이라
비니루를 씌었다

산에
첫눈이 흩날렸다

그냥 두고

그냥 두고 보기로 했다

발 앞에 떨어진 낙엽
어디로 가는지
그냥 두고 보기로 했다

그냥 보기로 했다
따라가지 않고 보기로 했다
살던 곳 떠나 바람에 굴러가는 낙엽
어디로 가는지
그냥 두고 보기로 했다

그냥 두고 보기로 했다
구석진 곳에 모여 숨어 있는 낙엽

어디로 가는지
그냥 두고 보기로 했다

코스모스

코스모스가
져 버리지 않고 피어 있는지
고모리 호수에 가 보았다

엊저녁 첫서리가 내려
물풀은 시들고
버드나무잎 시들었지만
한낮 햇볕에 코스모스는
피어 웃고 있었다

휠체어에 아내를 태우고
돌던 둘레길

눈감으면 못 본다고
눈떠보라고
얼굴 가까이 대어보던 코스모스

코스모스 핀

인적 없는 호숫가 둘레길
가 보았다

혼자 가 보았다

겨울

해가 떠서
잠시 산 위에 있다가
가버린다

늦게 떠서 빨리 지는 해
지금은 어디쯤 가고 있을까

낙엽 쌓인 산
벌레 소리 끊어진 지
오래되었다

나도 풀벌레처럼
산에 숨어 자고 싶다

세상에 오는 사람
세상 떠나는 사람
누구인지 모르고 자면
평안하리라

내가 왜

내가 왜
장가를 갔는지 모르겠다

벽에 걸린 가족사진을 보고 있으니
그런 생각이 든다

내가 그런 생각을 하니
사진 속에 아내가 말하는 것 같다
내가 왜 시집을 왔는지 모르겠다

세상에는
혼자 사는 사람도 많은데
어디 간다고
한 무리 이끌고 세상에 온 것일까

사진을 보고 있으니
팔공산 넘어 시집온 아내
병들어 누웠던 아내가 그립다

느티나무

아파트 모퉁이에
커다란 느티나무 한 그루가
서 있는지 몰랐다

아침 산책하다 돌아올 때
버릇처럼 그 아래 서서
하늘을 쳐다보면서도
느티나무가 거기 서 있는지 몰랐다

얼마나 오래 혼자
서 있었을까
하늘 보고 구름 보고 살았을까

느티나무잎 사이로
하늘을 보고 있으니
아파 누워 있던 아내
고향 가자고 조르던 아내가 생각난다

아아 푸른 하늘 내 하늘

구름이 흘러간다
둘이서 길 가다
낯선 시골 정거장에
서 있는 것 같다

부처

벽 앞에 앉아있는
부처 무섭다

낮에도 무섭고
밤에도 무섭다

흰 창이 무섭고
검은 눈동자가 무섭다

나는 부처를 볼 때마다
부처를 만든 사람을
닮았다고 생각한다

난쟁이도 있고 키다리도 있고
디스크로 아픈 부처도 있고
선천성 지적 장애인
부처도 있는 것 같다

나는 부처를 볼 때마다

부처는 예술가가 만들어야 된다고
생각한다

맑고 밝고 그윽한 눈은
화가가 그려야 된다고
생각한다

바람

바람이 어찌
불고 싶어 불겠나

산을 스쳐가는 바람
모르고 간다고 한다

나무들도 모두
그렇다고 한다

모르는 체 모르고 가는 바람
흘러가는 구름
밝았다 어두워지는 하늘

오늘도 산에 바람이 분다
왜 부는지 모르고
바람이 분다

폐허

허물어져도
남아 있는 것은 폐허다

오래 참고 기다려야
이룰 수 있는 평화

그 폐허 아래 숨어 흐르는
강이 있다고 생각한다

세상 세월이 끝난 뒤에
기다려야
이룰 수 있는 평화

나는 폐허를 볼 때마다
폐허가 되어서야 이룰 수 있는
명작을 꿈꾼다

비 오는 산에

비 오는 산에
혼자 있어 본 적 있으냐

낙엽 쌓인 땅
비 젖어가는 소리를
들어본 적 있느냐

가까이 작은 암자 뜰앞에
잃어버린 듯한
흰 고무신 한 켤레

인적 없는 그 암자에 내리는
빗소리를 들어본 적 있느냐

비 오는 산에 길 잃고
혼자 있어 본 적 있으냐

동해

단풍 고울 때
동해 바다에 가 보아야겠다

가 보야야 아무 일 없는 동해
바닷가에서
밀려드는 흰 물결 보아야겠다

오늘은 아들이 내가 바다 본 지
오래되었다고
동해로 한번 가 보자고 한다

한번 가 보아야겠다
산뿐인 골짝에 오래 살았으니
단풍 지기 전
아무것도 없는 동해 먼 바다
보고 와야겠다

단풍

단풍은 오후
서쪽에서 보는 것이 아름답다

밝은 햇빛 스몄다 떠나려 할 때
먼 산 그늘이 내려오려 할 때
제일 아름답다

아니다 단풍은
새벽 안개 내린 개울가에
서 있는 나무
희미하게 보일 때 아름답다

어디서 남은 풀벌레 한 마리
울고 있을 때 제일 아름답다

없다 1

팔순이 넘어서야
알았다

저승에 가져갈
시가 없다는 것을

해

내일 해 안 뜨면
어쩌나

저녁답이면 걱정하며
해 지는 서쪽을 바라본다

나는 하나님 대신
해를 믿고 살고 싶지만
해는 모르고 혼자 하늘을 지나간다

어쩌나
내일 내 없다고
해 안 뜨면 어쩌나

나는 해를 볼 때마다 걱정하며
해를 믿고 살다 간
먼 나라를 생각한다

해 없이도 살 수 있는 나라는

없는 것일까

해가 나보고 말한다
먼 길 떠나려거든
해 지기 전에 가거라

없다 2

살아서는 할 일이 있어도
죽고 나서는 할 일이 없다

죽고 나서는 할 일이 없어
할 일 없이 세월을 보낸다

살아서는 할 말이 많아도
죽어서는 할 말이 없다
말해도 듣는 사람이 없다

죽어서는 믿음도 없고
소망도 없고 사랑도 없다

죽어서도 살 수 있는
세월은 있는 것일까

없다
산이 말한다
산에는 사람 없다고 한다

하늘이 말한다
하늘에도
사는 사람 없다고 한다

하늘

무소식이
희소식이다

동창

동창이 밝았느냐
노고지리 우지진다
소 치는 아히놈은 상기 아니 일었느냐
재 넘어 사래 긴 밭을
언제 갈려 하느냐

창밖이 밝았는데
밭도 없고 소도 없고 쟁기도 없고
할 일도 없다

달

산 위의 달을 보고 있으니
천년 전에도 달을 보고 있었을
사람이 있었을 것이란 생각이 든다

그때는 땅이 더 어두워
달은 더 밝고 별빛도 더
밝았으리라

왕릉에서 우는 풀벌레 소리도
더 깊었으리라

어릴 적 토끼가 방아 찧는다고
바라보던 달
사람이 갔다 온 후 더 밝은 달

달을 보고 있으니
내 떠난 천년 뒤에도
저 달을 바라보고 있을
사람이 있으리라는 생각이 든다

오늘도 달이 서쪽으로 간다
서쪽에서 기다리는 사람이 있어
서쪽으로 간다고 한다

지옥

천당 극락 가면
거기는 지옥일 것이다

사람 안 죽는 곳

거기는
지옥일 것이다

4

잊히지 않는다

잊히지 않는다
안성 중앙대학교 예술대학
아들 입학식에 갔다가
학생이 플라스틱 부처를 메고 가던
모습이 잊히지 않는다

그리고 그 뒤를 불전함을 들고
따라가던 학생 모습도
잊히지 않는다

낙엽 1

동지 지나자 낙엽은
길에서 구르고
들에서 구르고 산에서 구르고

소리 내어 울고 싶어
굴러가는 낙엽
지붕 위에서 구르고
하늘을 날아가며 구르고

낙엽 다진 나무는
가던 길 멈추고
산에서 멈추고 들에서 멈추고

낙엽은 굴러간다
굴러가고 싶은 나보다 먼저 굴러간다
내가 가는 길 앞에 구르고
내 뒤를 따라오며 구르고

비

한밤중 내리는 비는
빗방울과 빗방울 사이에 내린다

비를 피해 내리는 비
비에 쫓기어 가는 빗방울 소리

한밤중 비가 내린다
세상 지나가는 발자국 소리

모르겠다

갔는지 왔는지
왔다 가는지
갔다 왔는지
이승과 저승

갔다 왔는지
왔다 가는지

오면 안 될 곳에
온 것은 아닌지
가면 안 될 곳에
가는 것은 아닌지

모르겠다
어디서 와서
어디로 가는지

갔다 왔는지
왔다 가는지

낙엽 2

날개도 없는 것이
날려다 떨어졌다

딴에는 날려다 떨어진 것
우는 소리 가득하다

안 들리나
땅에 살면서도
우는 소리 안 들리나

안 보이나
나래 없이 날려다
떨어진 것들을

세월

세월이 가서
내가 늙은 것이 아니고

내가 늙으니
세월이 간 것이다

그 하늘

초겨울 저녁 하늘은
아내의 화톳장 오동나무 위에 있던
그 푸른 하늘이다

아내가 잠자는 산
까마귀 울며 넘어간
그 푸른 하늘이다

눈

내가 가면
네 자리 따뜻해지려나

동짓달 초닷새
네 떠나던 그날같이
눈이 날린다

우주가 없는 곳

나는 왜 몰랐을까

내가 이승에 온 것은
우주가 생겨나기보다
어렵다는 것을

이제 어디로 가는 것인가
우주가 없는 곳으로
가는 것인가

동구 밖 길

동구 밖 외딴 기와집
은행잎 노랗게 내리는 담 밖에 서서
노오란 은행잎 쌓여가는
담 안 세상을 바라본다

누가 심어놓고
잊어버렸나
고목 은행나무가 서 있는 길

가던 길 그만 가고
남은 한세상 쉬고 싶다
은행나무 잎 지는
인적 없는 낯선 동구 밖 돌담길

가창 행정동
외진 돌담길

길

길 끝나는 곳에
바다가 있다는 것은
얼마나 좋은 일인가

더 못 간다
지난 일 잊어버리라고
보채는 물결이 있고

마음대로 바람이 오고 가는
길 없는 곳
바다가 있다는 것은
얼마나 다행한 일인가

이제 돌아가지 않을 것이다
들길 막힌 곳
산길 막힌 곳

타향

모두 떠난 타향 빈집 마루에
낮 햇빛이 들어와 누워 있구나

어디로 가는가 보고 있으니
그늘 따라 가는구나

잠시만

잠시만 기다리라 해놓고
시계는 혼자 간다

낮에도 가고 밤에도 가버려
따라가려도 따라갈 수가 없다

나는 매일 지쳐 잠들었다 깨어
본다
낯선 땅 낯선 하늘

어디 갔다 온 것인가
이세상
숨어 울 곳도 없다

어디쯤 가면
다시 봄이 오고
꽃이 피는 땅이 있을 것인가

없다
잠시 기다리라 해놓고
시간은 어디 갔는지
혼자 가버리고 없다

금강산

금강산 갔다가
만물상은 안 보고 왔다

사람들이 바위에 이름 지어 붙인 것이
싫어
안 보고 왔다

금강산 갔다가
금강산 다 안 보고
아내와 둘이서 인적 없는 바닷가
모래밭을 거닐다 왔다

나중 알았지만
박왕자 씨가 죽은 그 모래밭이었다

금강산 구경 갔지만
금강산은 별 볼 것이 없었다

잊히지 않는 것은 금강산 물이다

아내와 목욕한 너무나 좋은
목욕탕 물이다

그리고 떠날 때 금강산 입구
관광객들이 모두 지나면서도
시주하지 않고 가던 그 절 앞에

기다리며 혼자 서 있던
스님의 모습이다

세한도

누가 있는가
기다려도
아무 소리 없는 집

6.25 때 피란민이 살던
산골짝 외딴 판잣집

집 지키는 개도 없고
참새 한 마리 보이지 않는다

집 주위 풀 나무 다 주워 때고
소나무 가지마저 쳐 때어
구부정히 서 있는
소나무 몇 그루

세한도 보고 있으면 생각난다
산골짝 내가 지은 브록크 외딴집
저녁이면 찬바람 드나들던
스레트 집

눈 오면 더 서럽던 그 집
그 집 떠나면서 돌아보고
또 돌아보던
산골짝 외딴집

지는 해

지는 해가
구름에 가려 있다

울고 싶어도 울지 못하고 가버린
사람을 생각하고 있는 것은
아닌지

허공에 힘없이 있다
힘없이 지는 해
해도 하늘에 있는 것이
싫은가 보다

구름은 상주가 되어
삼베옷 입고
작대기 짚고 서 있는 것 같다

해도 언젠가는 세상 떠날 때가
있어 슬픈가 보다

오늘도 어디에
초상집이 있는 것 같다

산까마귀 우는 소리
들리는 것 같다

구름

어디 갔나
흔적 없어진 구름

산골짝 길 가도 가도
구름의 흔적 없다

아내 구름같이
어디 갔는지 없으니

이제 이승에서 구름같이
혼자 떠돌아야겠다

돌구름

쓰레기장에서 주워 온
하얀 돌 하나
탁자 위에 올려놓으니
구름처럼 간다

누군가 이사 가며 아까워
고이 두고 간 돌
뒤집어 놓으니
동쪽으로 가던 것이 서쪽으로 간다

세상일 상관 않고
하루 종일 간다

혼자 가는 것이 외롭게 보여
내가 여행 갈 때마다
주머니에 주워 온 작은 돌
함께 두니 잘도 간다

산이 있었으면 좋으련만
강이 있었으면 좋으련만

무슨 잘못을

내가 무슨 잘못을 했는지
아내는 성내어 있다

벽에 걸린 사진 속에서
아내는 웃기도 하고 울기도 한다

생각해보니
아내의 산소에 간 지도
오래되었다

비가 와서
산비탈 길이 미끄러워 못 갔다

내가 무슨 잘못을 했는지
길 가는 할망구 쳐다보았다고
그러는지

아니면 자기는 잊고
강아지만 좋아한다고 그러는지

오늘 아내는 성내어 있다 무섭다

나 기다리는지 모르겠다
이번에 가면 녹음해둔
동숙의 노래를 들려주어야겠다

시집오던 날
언니 뒤에 숨어 부르던 노래
「못 잊을 죄 저질러 놓고
뉘우치면서 울어도 때는 늦으리」

순명

천명이 있으니
순명인들 없으랴

값 10,000원

9 788977 879898

ISBN 987 89-7787-989-8